Première édition dans la collection *lutin poche* : janvier 2002
© 1999, l'école des loisirs, Paris
Loi numéro 49 956 du 16 juillet 1949 sur les publications
destinées à la jeunesse : avril 1999
Dépôt légal : janvier 2002
Imprimé en France par Pollina à Luçon - N° L85703

Pascal Teulade   Jean-Charles Sarrazin

AGATHE

lutin poche de l'école des loisirs
11, rue de Sèvres, Paris 6ᵉ

Aujourd'hui,
comme chaque dimanche après le déjeuner,
la famille Fourmi fait une promenade sur la plage.
Et Agathe, comme toutes les petites fourmis, court,
court loin devant…

Quand elle se retourne, bien sûr, il n'y a plus personne.
« Ah, là là ! qu'ils sont lents ! »
Agathe se retrouve devant une montagne rouge.
« Je vais l'escalader ! »
Soudain la montagne se met à bouger.
« C'est un tremblement de terre ! »
Hop ! Agathe s'agrippe à une corde pour ne pas tomber.

Vaillante, Agathe grimpe, grimpe.
« Tiens, la montagne change de couleur,
elle devient rose et chaude ! »
Agathe monte encore.
« Bizarre, la montagne devient bleue ! »
Agathe est épuisée.
Heureusement,
elle aperçoit une caverne.

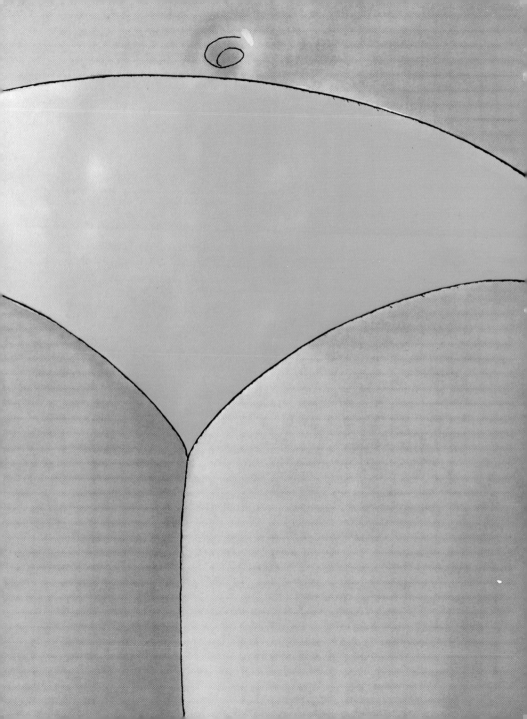

« Je vais faire une petite sieste. »

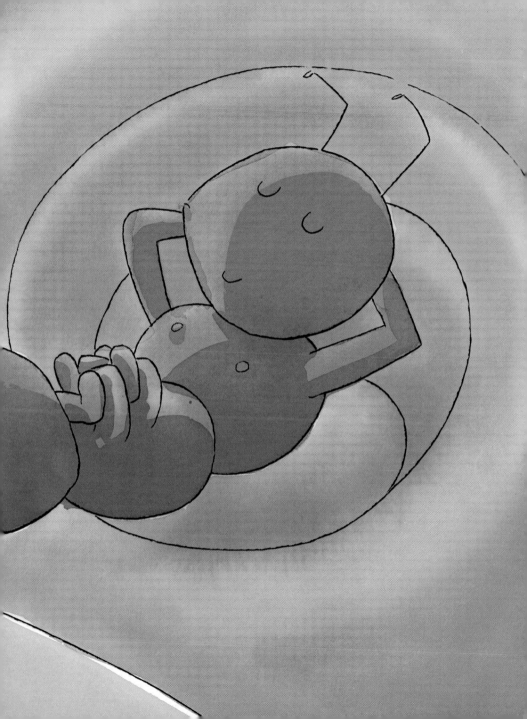

Au réveil, Agathe se sent en pleine forme
et elle se remet à escalader.
Elle trouve deux pics rouges.
« Qu'est-ce que c'est que ça ; des champignons, peut-être ? »

Elle arrive sur un plateau.
Là, Agathe découvre une véritable forêt de lianes.
« Youpi, c'est moi Tarzanne, la fourmi de la jungle ! »

Agathe arrive enfin au sommet de la montagne !
Là, quelle surprise,
elle rencontre de grosses bêtes poilues.

« Tu veux jouer avec nous ? »

« Heu, à quoi ? »

« À gratte-gratte, à cache-cache, à pou perché si tu veux ? »

Agathe n'a pas envie.

« Non, ce ne sont pas des jeux de fourmi ! »

Un peu inquiète, elle dit : « Merci beaucoup mais je suis pressée. Il faut que je rentre chez moi ! »

Agathe repart.
Elle veut redescendre, mais, patatras ! elle tombe.
« Au secours ! »
Heureusement, elle s'agrippe à un buisson.
« Ouf ! »

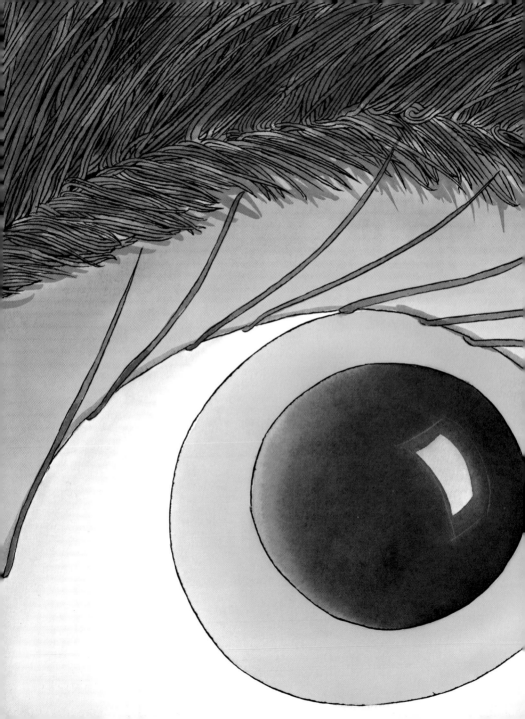

Agathe roule sur le côté
et se trouve – horreur ! –
face à une énorme
boule brillante
avec un rond bleu
et au centre
un point noir.
Elle a l'impression étrange
que la boule la regarde.

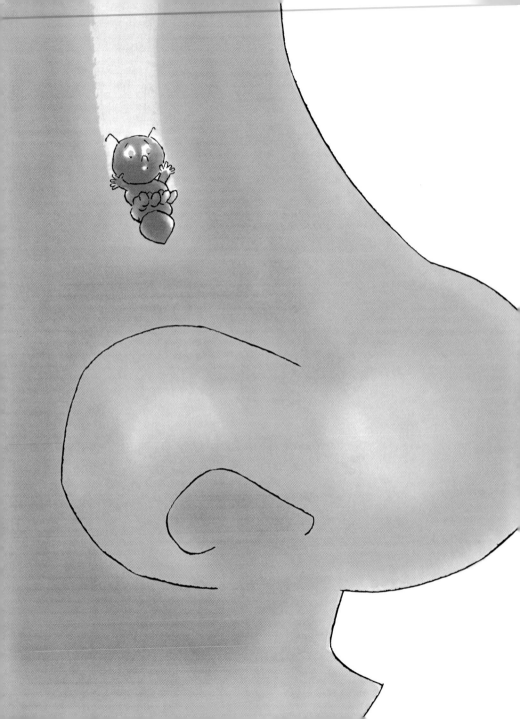

Paniquée, elle glisse – Ziiip –
sur un grand toboggan et aperçoit une cachette.
Vite, Agathe se blottit à l'intérieur.
Elle attend et pleure doucement :
« Je suis perdue ! Papa, maman ! »
Soudain, elle entend un bruit…

...yeux, sans bouche, s'approche.
«la ceite caverne!»

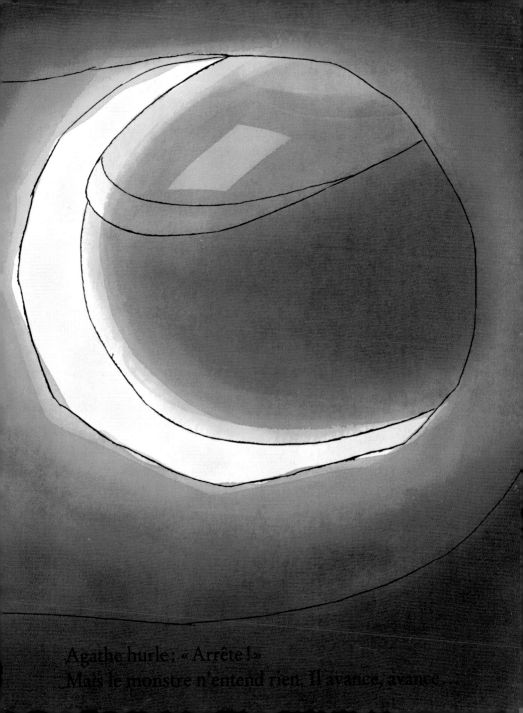

Agathe hurle : « Arrête ! »
Mais le monstre n'entend rien. Il avance, avance...

Agathe n'a plus de place.
Elle doit monter sur le monstre.

D'un coup le monstre ressort et descend jusqu'au sol.

Vite, Agathe saute sur le sable.
Elle prend ses pattes à son cou et rentre chez elle !

Là, ses parents, inquiets, lui demandent :
« Mais, Agathe chérie, où étais-tu passée ?
Nous t'avons cherchée partout. »
Alors, sans reprendre son souffle, Agathe raconte tout :
la montagne rouge, rose et bleue, la caverne si douce,
les deux champignons, les lianes, les grosses bêtes poilues,
le buisson, et surtout la boule énorme
et le monstre sans bouche, sans yeux…
Toute sa famille rit :
« Agathe, tu nous racontes des histoires… »

Mais papa Fourmi sait bien que sa fourmi chérie
n'est pas une menteuse. Il lui murmure à l'oreille :
« Agathe, viens me montrer… »
Alors la petite fourmi grimpe sur les épaules de son papa
et ils partent loin, loin sur la plage de sable fin…